Para mi mamá, Servelia Pérez,
mi mamita Luisa Pérez
y para Madre Tierra,
la madre de todos — JA

A mis hijas,
Gloria e Isabel — LAP

For my mother, Servelia Pérez,
my grandma Luisa Pérez
and for Mother Earth,
the mother of us all — JA

To my daughters,
Gloria and Isabel — LAP

Groundwood Books / House of Anansi Press
110 Spadina Avenue, Suite 801, Toronto, Ontario M5V 2K4
Distribuido en los Estados Unidos por
Publishers Group West
1700 Fourth Street, Berkeley, CA 94710

Library and Archives Canada Cataloging in Publication
Argueta, Jorge
Talking with Mother Earth: poems — Hablando con madre tierra:
poemas / Jorge Argueta; pictures by Lucía Angela Pérez.
Text in English and Spanish.
978-0-88899-626-8
1. Racism–Juvenile poetry. 2. Children's poetry, Salvadoran.
3. Picture books for children. I. Pérez, Lucía Angela II. Title.
III. Title: Hablando con madre tierra.
PZ7.A73Ta 2006 j861'.64 C2005-906422-6

Impreso y encuadernado en China

Groundwood Books / House of Anansi Press
110 Spadina Avenue, Suite 801, Toronto, Ontario M5V 2K4
Distributed in the USA by Publishers Group West
1700 Fourth Street, Berkeley, CA 94710

Library and Archives Canada Cataloging in Publication
Argueta, Jorge
Talking with Mother Earth: poems — Hablando con madre tierra:
poemas / Jorge Argueta; pictures by Lucía Angela Pérez.
Text in English and Spanish.
978-0-88899-626-8
1. Racism–Juvenile poetry. 2. Children's poetry, Salvadoran.
3. Picture books for children. I. Pérez, Lucía Angela II. Title.
III. Title: Hablando con madre tierra.
PZ7.A73Ta 2006 j861'.64 C2005-906422-6

Printed and bound in China

Talking with Mother Earth

Hablando con Madre Tierra

Poems   *Poemas*

Jorge Argueta

Pictures by   Ilustraciones

Lucía Angela Pérez

★

Groundwood Books   Libros Tigrillo

HOUSE OF ANANSI PRESS   TORONTO   BERKELEY

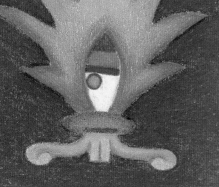

MADRE TIERRA

En nahuatl
llamo
a la Madre Tierra
Ne Nunan Tal.

Qué madre
tan redonda
tan grande
y tan bonita tengo yo.

MOTHER EARTH

In Nahuatl
I call
Mother Earth
Ne Nunan Tal.

My mother Earth
Oh, what a round mother
What a big and precious
mother I have.

CUATRO DIRECCIONES

Cuatro direcciones
tiene mi cuerpo.
El norte está en mi cabeza
siempre apuntando al cielo.

El sur está en mis pies
alas que me llevan
y me traen por
la Madre Tierra.

El este está en mi panza.
Ahí siento el sol
como un corazón calientito
todas las mañanas.

El oeste está en mis brazos.
Son un horizonte
que quiere cada tarde
darle un abrazo de buenas noches al sol.

FOUR DIRECTIONS

My body
has four directions.
The north, at my head,
always points to the sky.

The south is at my feet.
They are wings
that take me everywhere
over Mother Earth.

The east is in my belly
where I feel the sun
like a heart warming me
every morning.

The west is my open arms.
They are the horizon.
Each afternoon
they want to hug the sun good night.

YO

Yo tengo
la piel morena
los ojos negros
y el pelo largo.

Yo a veces siento ganas de gritar
de los pies a la cabeza.
Sí, soy indio Pipil Nahua
y vengo de la tierra del sol.

Yo soy descendiente de los Aztecas
y como ellos llevo plumas de pájaros
que me protegen de las malas lenguas y miradas
que algunas personas me quieren dar
por ser indio.

I

I have
brown skin
black eyes
and long hair.

Sometimes I feel like yelling
from my toes to my head.
Yes, I am a Pipil Nahua Indian.
I come from the land of the sun.

I am descended from the Aztecs and like them
I wear feathers of beautiful birds to protect me
from the bad words and the looks
that come my way from some people
because I am an Indian.

TETL

Tetl es mi nombre.
Significa piedra.
Pero todos me conocen por Jorge.
A mí me gusta más Tetl
Es el nombre nahuatl que me dio mi abuela.

Tetl
Tetl
Tetl
Tetl no Jorge. Ese es mi nombre.

TETL

Tetl is my name.
It means stone.
But everybody knows me as Jorge.
I like Tetl better.
It is the Nahuatl name my grandmother gave me.

Tetl
Tetl
Tetl
Tetl not Jorge. That is my name.

LENGUA

—En este pueblo,
me dijo mi mamita Wicha
cómo se llama en nahuatl
mi abuelita Luisa.

—Antes todos hablábamos
en lengua
pero cuando vinieron los españoles
a la fuerza nos enseñaron castilla.

Lengua: Se usa para decir que una
persona hablaba nahuatl.
Castilla: español

TONGUE

Nanny Wicha
is what we called
my grandmother Luisa
in Nahuatl.

She used to tell me,
"Here we all spoke in our own tongue,
but when the Spaniards arrived they forced
us to speak Castilla."

Our own tongue: Nahuatl
Castilla: Spanish

LAS PIEDRAS

Las piedras
son nuestros
abuelos y abuelas.
Son sagradas.

Las piedras
lo han visto todo.
Tienen años viviendo sobre
la Madre Tierra.

Las piedras
también hablan.
Si nos quedamos calladitos junto a ellas
podemos escuchar
sus voces de abuelitas y abuelitos.

THE STONES

The stones
are our
grandfathers and grandmothers.
They are sacred.

The stones
have seen everything.
They have lived on Mother Earth
for many years.

The stones
can talk.
If we sit by them very quietly
we can hear
the voices of our grandmothers and grandfathers.

INDIO

—Indio patas rajadas,
me decían en la escuela
mis compañeros
y se reían de mis pies descalzos.

—Indio patas rajadas,
me decían
y yo veía en mis pies reventados
mis uñas llenas de la tierra de mi pueblo.

—Indio pulgoso,
me decían
y me jalaban el pelo
que era largo como los hilos de la noche.

—Indio bajadito a tamborazos
de la sierra, me decían
y mientras la maestra escribía en el pizarrón
me daban golpes en la espalda.

—Indito, negrito,
me decían
—¿dónde has dejado tus plumas y tus flechas?
y dándose golpecitos con las manos en la boca
cantaban bu-bu-bu como los indios de película.

—Indio hediondo,
me decían en la escuela
y en mi pecho mi corazón hervía
como un volcán listo para explotar.

INDIAN

"Cracked-foot Indian,"
my schoolmates used to call me
and laugh at my bare feet.

"Cracked-foot Indian,"
they used to call me
and I would stare at my rough feet
with hometown dirt under my nails.

"Flea-bitten Indian,"
they would call me
and pull on my hair
long and dark as the night.

"Indian called down from the hill
by the beat of a drum,"
they would tease me
and while the teacher
wrote on the blackboard, they would hit my back.

"Little red Indian, where did you put your
            feathers and arrows?"
my schoolmates would chant
as they beat softly on their mouths with their hands,
singing woo woo woo like movie Indians.

"Stinky Indian,"
they would call me
and in my chest my heart would boil
like a volcano getting ready to explode.

ME DICE LA MADRE TIERRA

Me dice la Madre Tierra
—Ya no estés triste
mi niño indio.
Eres tan hermoso como el viento.

Son para ti el sol,
los árboles,
el mar,
y las estrellas.

Ahí tienes las montañas,
las flores,
la luna,
y las gotitas de rocío.

Me dice la Madre Tierra
—Ven, juega y canta.
Toca tu tambor y tu sonaja.
Habla con el fuego.

Me dice la Madre Tierra
—Hijo, todo esto te doy.
Todo mi amor es tuyo.
Tú sólo tienes que ser feliz.

MOTHER EARTH TELLS ME

Mother Earth tells me,
"Do not be sad anymore
my Indian boy.
You are as beautiful as the wind.

"The sun,
the trees
the ocean
and the stars are for you.

"So are the mountains
the flowers
the moon
and the little drops of dew."

Mother Earth tells me,
"Come, play and sing,
sound your drum and your gourd.
Talk to the fire."

Mother Earth tells me,
"All this I give you, my son.
All my love is yours.
You just be happy."

MIS PLUMAS

Tengo un abanico de plumas
de cola de guacamaya.
Son largas, azules y rojas.
Son un arco iris

Cuando las tengo
en mis manos
takuiga uan patani.*
takuiga uan patani.

MY FEATHERS

I have a fan
made from the tail feathers of a macaw.
They are long and blue and red
just like a rainbow.

When I hold them
in my hands
takuiga uan patani.*
takuiga uan patani.

*Volar y cantar,
en nahuatl

*In Nahuatl:
I can sing and fly

CAMINO SILBANDO

Camino silbando
imitando el canto de los pájaros
y tal como me enseñó y me lo dijo mi abuela
ellos me escuchan y hablan y cantan conmigo.

—Aprende a silbar
como los pajaritos mi'jito.
Ellos nos enseñaron el nahuatl.
Si cantas y hablas con ellos nunca te sentirás solo.

WALKING AND WHISTLING

While I walk I whistle
and imitate the songs of birds
just as my grandmother taught me.
They hear me and sing with me.

"Learn to whistle like the little birds, my son.
They taught us Nahuatl.
If you sing and talk to them
you will never feel alone."

EL MAÍZ

El espíritu del maíz
se pone alegre y sabroso
cuando plantamos sus granitos
en la Madre Tierra.

A los cuatro días el maíz
comienza a germinar.
Primero es chiquitito y como un gusanito
se va estirando, buscando la luz del sol.

Luego al maíz le nace
una hojita delgadita como un hilo
dulce y verde
como una caricia.

El maíz crece y sigue creciendo alto y más alto
hasta que le brotan en el centro los elotes.
Son niños barbudos. Se ríen
con todos sus dientes.

Cuando finalmente
lo como en tortillas
tamales o atol
comienzo a sonreír como el maíz.

THE CORN

The corn's spirit
becomes delicious and happy
when we plant its tiny seeds
in Mother Earth.

After four days
the corn sprouts.
At first it is like a little worm
stretching, searching for the sun's light.

Later a leaf is born
from the stem
thin as a thread
sweet and green like a caress.

The plant keeps growing and growing
till from its center comes an ear of corn
a bearded child
laughing with all its teeth.

When I finally eat it
in tortillas
or tamales or atol*
I start to smile like the corn.

*Atol: a milky drink made from corn

EL FUEGO

Está vivo el fuego.
Eso me enseñan los espíritus
de mis abuelos nahuas
que viven en la Madre Tierra.

El fuego es la vida.
En el fuego los veo.
Vienen a visitarme.
Mis abuelos son llamas que bailan.

El fuego es un abuelito
tan viejito, tan viejito
y tan chapudito
como el amor calientito que nos da.

THE FIRE

The fire is alive.
It shows me the
      Nahua spirits
of my grandparents
who live in
      Mother Earth.

The fire is life.
I see them in the fire.
They come to visit me.
My grandparents are
      dancing flames.

The fire is a grandfather
so old, so very old.
His cheeks are as rosy
as the warm love he gives us.

CÍRCULO

Haciendo un círculo
nos sentamos a cantar.
Frente a nosotros baila
el espíritu del fuego.

Con el tamborcito de agua y nuestras sonajas
sonando al ritmo de nuestros corazones
cantamos y rezamos toda la noche
hasta que sale tata sol.

CIRCLE

In a circle
we sit down to sing.
In front of us dances
the spirit of the fire.

With the water drum and gourds
sounding out the rhythm of our hearts
we sing and pray all night
till Father Sun rises again.

SUENOS DÍAS

Cuando veo salir el sol
por las montañas
sueno mi sonaja y contento digo:
—Suenos días, Madre Tierra.

Suenos días también a mis amigos.
Suenos días, Cloud.
Suenos días, Mahuitzoh.
Suenos días, suenos días.

Suenos días tengan todos.
Suenos días —digo
y escucho en la pancita de mi sonaja
cantar la voz de la mañana.

GOURD MORNING

When I see the sun rise
over the mountains
I rattle my gourd
and shout, "Gourd morning, Mother Earth.

"Gourd morning to my friends.
Gourd morning, Cloud.
Gourd morning, Mahuitzoh.
Gourd morning, gourd morning.

"Gourd morning, everybody.
Gourd morning," I say
and I hear the voice of the morning
singing in the belly of my gourd.

EL VIENTO

Hermano
dulce y travieso
gracias por tu canto
y por la vida que me das.

Tú que juegas
por todos
los rincones
de la Madre Tierra

Mira a ver si
encuentras y me sacas
de un barranco
una pelota que perdí.

THE WIND

Sweet and naughty
brother
thanks for your songs
and the life you give me.

You who go
around playing
in every corner
of Mother Earth

See if you
can find and bring me back
the ball that got lost
in the ravine.

EL AGUA

Qué magia
tan pura
y tan hermosa
la del agua.

Todo lo convierte
en vida
en canto
en color.

Por todos lados
de la Madre Tierra
veo culebras de agua
veo espejos de agua.

Mi abuela siempre
me lo dijo señalando el río:
—El agua es sagrada.
   Es la sangre
de la Madre Tierra.

WATER

How pure
and beautiful
is the magic
of water.

She turns
everything into life
into songs
into colors.

Everywhere
in Mother Earth
I see water snakes
I see water mirrors.

My grandmother told me
as she pointed at the river,
"Water is sacred. It is the blood
of Mother Earth."

REZO

Gran espíritu
creador de mi sombra
y de todo
a mi alrededor.

Gracias por mi vida
y por los recuerdos tan bonitos de mi abuelita.
Gracias por mi madre.
Gracias por mi casa y mi padre.

Gracias por el sol que brilla todos los días
por la luz de la luna
las estrellas y los árboles.
Gracias por la vida de mis maestros.

Gracias por el fuego.
Gracias de todo corazón por el agua.
Gracias por el viento y por todos los animalitos
y por la vida de todas las personas.

Gracias por las montañas y el mar
por los saborcitos que pusiste en las frutas
    y los vegetales
y por habernos hecho indios y amigos
a Mahuitzoh, a Cloud y a mí.

PRAYER

Great Spirit
creator of my shadow
and everything around me.

Thank you for the gift of life
and for the beautiful memories of my grandmother.
Thank you for my mama
for my house and for my father.

I thank you for the sun that shines every day
for the moonlight
the stars and the trees
and for my teacher's life, too.

I thank you for the fire.
I thank you from my heart for the water.
Thank you for the wind and for all the little animals
for the life in all people.

I thank you for the mountains and the ocean
and the little flavors you put in the fruits and vegetables
and for having made Mahuitzoh, Cloud and me
Indians and friends.